Beignemobile

Texte de Margaret Clark

Illustrations de Tom Jellett

Texte français de Marjory Lambert

Éditions
SCHOLASTIC

Catalogage avant publication de la
Bibliothèque nationale du Canada

Clark, Margaret, 1943-
  La Beignemobile / texte de Margaret Clark ;
  illustrations de Tom Jellett ;
  texte français de Marjory Lambert.

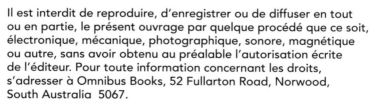

(Petit roman)
Traduction de: Hot stuff.
ISBN 0-439-97004-0

I. Jellett, Tom II. Lambert, Marjory III. Titre. V. Collection.

PZ23.C575Be 2003   j823'.914   C2003-901566-1

Édition publiée par les Éditions Scholastic, 604 rue King Ouest,
Toronto (Ontario) M5V 1E1 CANADA.

7 6 5 4 3   Imprimé au Canada   06 07 08 09

Pour Naomi — M.C.

Pour Lucy et Robin — T.J.

Chapitre 1

À son retour de l'école, Julien
voit une fourgonnette devant
la maison. Sur le toit, il y a un
énorme beigne, assez gros pour
qu'un lion saute dans le trou.

Julien entre vite dans la maison.

— Maman, à qui est cette fourgonnette? demande-t-il. Où est notre voiture?

— Papa l'a vendue pour
acheter la fourgonnette, dit
maman. Il y a une cuisinette à
l'intérieur. Nous pouvons y faire
cuire des beignes et les vendre.
Tout le monde adore les beignes!

Julien regarde sa mère.

— Pourquoi les gens viendraient-ils chez nous pour acheter des beignes?

— Nous ne les vendrons pas ici, dit maman. Nous irons les vendre un peu partout à bord de la fourgonnette. Marie et toi pourrez nous aider la fin de semaine.

— Super! dit Julien. J'adore
les beignes!

Quand papa rentre à la maison,
tout le monde s'assoit à table
pour le souper.

— Nous avons besoin d'un nom
pour la fourgonnette, dit papa.

— Je sais! dit Julien. Elle sert à
vendre des beignes, non? Alors,
appelons-la « la Beignemobile ».

Chapitre 2

Le samedi matin, papa recule la Beignemobile dans la rue. Elle est bien plus grosse que l'ancienne voiture. Les buissons de chaque côté de l'entrée égratignent sa peinture.

Puis papa heurte un poteau.
Boum! Maintenant, l'arrière de la
Beignemobile est tout cabossé.

— Oups, dit Julien. Notre
Beignemobile n'est plus très belle.

— Ce n'est pas grave, dit
maman. Quand nous aurons
vendu beaucoup de beignes, nous
pourrons acheter de la peinture et
la réparer.

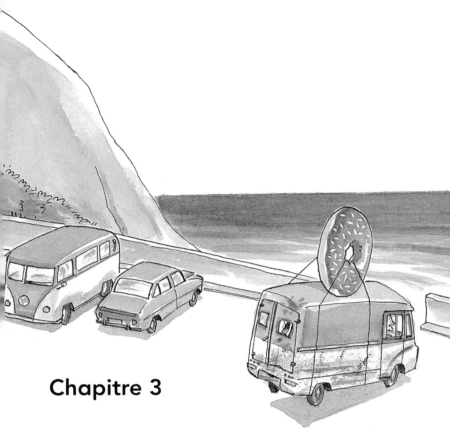

Chapitre 3

Toute la famille se rend à la plage et papa stationne la fourgonnette au sommet de la falaise. Julien et Marie regardent toutes les personnes sur la plage et dans l'eau.

Il y a des familles avec leurs sacs de plage et leurs parasols.

Il y a des surfeurs qui transportent leur planche et des adolescents qui se donnent de petits coups de serviette.

Il y a des personnes qui se promènent avec des chiens de races différentes. Partout sur la longue plage, il y a des gens qui s'amusent.

— J'espère qu'ils ont faim! dit Julien.

— Au travail! dit maman en souriant.

Chapitre 4

L'odeur alléchante des beignes
chauds flotte jusqu'à la plage.
Très vite, il y a une longue file
d'attente devant la Beignemobile.

— Je vais prendre quatre
beignes à la confiture, dit une
femme avec trois enfants.

— Six beignes au sucre pour
moi, dit un très gros homme.

— Trois beignes à la cannelle,
s'il vous plaît, dit une jeune fille.
Elle prend une grosse bouchée.
— Aïe! crie-t-elle.

— Attention, dit Julien. Ces
beignes sont très chauds!

Maman, papa, Julien et Marie travaillent fort. Il fait très chaud dans la fourgonnette. À l'heure du dîner, ils ont tous besoin d'une pause.

— Fermons la Beignemobile et allons nous promener, dit papa.

— C'est la meilleure idée de la journée, dit Julien.

Chapitre 5

Maman verrouille la porte.

— Allons à la plage, dit-elle.
Vite, avant que quelqu'un d'autre
ne vienne acheter un beigne!

— Je veux me baigner, dit Marie.

— Tu vas couler, dit Julien. Tu as mangé trop de beignes à la confiture.

Ils sont dans l'escalier qui mène à la plage lorsqu'ils entendent un très gros BOUM.

Ils sursautent et se retournent.
Oh, non! La Beignemobile a
explosé! C'est terrible!

Des beignes volent partout
dans les airs!

— Il pleut des beignes! crie
Julien.

Deux beignes à la cannelle sont collés aux lunettes de soleil d'une femme.

Plusieurs beignes ont atterri sur la plage. Un petit garçon remplit son seau aussi vite qu'il le peut.

Quatre beignes sont empilés sur un parasol.

Dans l'eau, un surfeur trouve
trois beignes sur les ailerons de
sa planche. Il a l'air tout surpris!

Quelqu'un a appelé les pompiers. En quelques instants, un camion arrive.

Une voiture de police s'arrête juste derrière et deux policiers en sortent.

Peu après, un caméraman et un reporter de télévision arrivent à bord de leur fourgonnette.

— Génial! dit Julien. Nous allons passer à la télé!

Tout le monde est venu voir le grand désastre des beignes!

Chapitre 7

— Je crois que la bonbonne de propane a explosé, dit papa au reporter.

— Vous êtes sortis juste à temps, dit un des policiers.

Julien regarde maman, papa et Marie. Il est content qu'ils soient tous sains et saufs.

— Vendre des beignes n'était peut-être pas une bonne idée, après tout, dit Julien.

— Et la Beignemobile?
demande Marie en se mettant
à pleurer. Elle est tout en
morceaux.

Tout le monde regarde ce qui
reste de la fourgonnette.

— Pauvre Beignemobile, dit
Julien.

Le gros homme qui avait
commandé six beignes au sucre
arrive en mangeant le dernier.

— Je suis désolé pour votre
fourgonnette, dit-il. Ces beignes
sont les meilleurs que j'ai mangés
de toute ma vie.

Il donne une carte à papa.
On peut y lire : *Magasins
d'alimentation Gros Pierre.*

— Est-ce que vous aimeriez
faire des beignes pour moi? dit-il.
Je vais en vendre partout au pays.

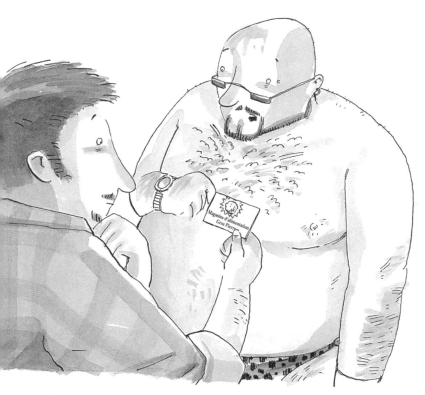

Chapitre 8

Papa et maman commencent
donc à faire des beignes pour
Gros Pierre. Ils les font à la
maison, dans la cuisine. Après
l'école, Marie et Julien les aident
à mettre les beignes dans des
boîtes.

Gros Pierre a beaucoup de camions pour venir chercher les beignes. Il est écrit *Beignemobile* sur chacun d'eux. Faire des beignes pour remplir tous les camions demande beaucoup de travail.

— Je suis fatigué de faire des beignes, dit papa après quelque temps.

— Toute la maison sent les beignes, dit Marie.

— Il y a du sucre même dans les lits, dit maman.

— Je crois que j'en ai assez des beignes, moi aussi, dit Julien.

Le lendemain, à son retour de l'école, Julien voit une nouvelle fourgonnette devant la maison. Sur le côté, on peut lire *Nouillemobile.*

— Super! dit Julien. J'adore les nouilles!

Margaret Clark

Un jour, alors que je conduisais ma voiture, j'ai entendu à la radio qu'un camion transportant des beignes avait explosé à Melbourne. Cela m'a donné une idée, et je me suis garée sur le côté de la route pour y réfléchir. J'ai fermé les yeux et imaginé des beignes volant dans les airs. Ils atterrissaient sur la tête des gens, sur leurs parasols, sur leur nez, sur la queue des chiens…

Puis j'ai pensé que ce serait encore mieux si cela arrivait à la plage. Imaginez tous les endroits où des beignes peuvent atterrir! Je suis retournée à la maison et j'ai écrit cette histoire.

Tom Jellett

Cette histoire m'a fait penser à toute la nourriture que les gens mangent lorsqu'ils sont à la plage. Pas seulement les beignes chauds, mais aussi les hamburgers, les sandwiches, les filets de poisson (j'adore le poisson pané), sans oublier la limonade et le cola.

Lorsque je vais à la plage, il faut que j'achète beaucoup de croustilles, parce que je finis toujours par en donner la moitié à une mouette unijambiste. (Il y a toujours une mouette unijambiste sur la plage et je suis triste pour elle!)